loqueleo

Conoce a Sor Juana Inés de la Cruz

Edna Iturralde

Ilustraciones de María Jesús Álvarez

loqueleo

Este libro está dedicado a mis nueve nietos, pero en especial a mis dos bandidas: Leoni y Amalia.

Con mucho amor,

Abu Edna

"Óyeme con los ojos"[1], lector mío, que los siglos han pasado; sin embargo, aquí sigo.

Nací en el Virreinato de México durante la madrugada del 12 de noviembre de 1651, en una hacienda de la región de San Miguel de Nepantla, donde el mágico aroma de manzanilla, hierbabuena, salvia y mejorana se mezclan con el del chile y el chocolate. Y las voces de los sabios herbolarios

---

1   Frase tomada de un poema de Sor Juana Inés de la Cruz.

6

suenan como el paso del viento entre el trigal. Quizá esa fue la razón por la que mi alma, hechizada, desbordara poesía.

Me llamaron Juana, "Juanilla la preguntona". Esa curiosidad no era otra cosa que mi anhelo de aprender. Jugando entre los maizales, aprendí la lengua náhuatl[2] que hablaban los trabajadores de las haciendas que administraba mi abuelo.

---

2   Lengua de los indígenas aztecas y sus descendientes.

Apenas cumplí tres años nos fuimos a vivir a Amecameca, en la hacienda de Panoaya. Allí, me esperaban dos majestuosos nevados: el humeante Popocatépetl[3] y la apacible Iztaccíhuatl[4]. Gigantes nacidos en mantos de colores: verdes desdoblados en oro, rojos derretidos en naranja o espesados en púrpura.

---

3 "La montaña que humea", en náhuatl.
4 "Mujer blanca", en náhuatl.

Allí, además, hice el descubrimiento más maravilloso
de mi vida: ¡los libros que encontré en la biblioteca de mi
abuelo! Me fascinaron de tal manera, que pasaba horas
acariciando sus lomos, abriendo las tapas y repasando las
hojas con amoroso cuidado, soñando con algún día poder
despertar aquellas voces de tinta.

¡Entonces tuve una idea genial! ¡Tan colosal como
aquellos volcanes!

Cuando mi madre envió a mi hermana mayor, Josefa, a casa de una maestra a aprender las primeras letras, me ofrecí a acompañarla.

—Josefa, hay algo que deseo que hagas por mí.

Ella, que me encontraba divertida y algo rara, asintió con la cabeza.

—Voy a mentir; no me delates —pedí, sonrojándome.

—¿Pero qué dices? —se asustó mi hermana.

—Diré que Madre ordena que yo también reciba la lección —expliqué.

Josefa prometió ayudarme con ello.

—Pero no te quejes si no aprendes al mismo tiempo que yo, que soy una niña grande —añadió.

Ella tenía seis años y yo, un poquito más de tres.

¡Aun así, aprendí a leer al mismo ritmo que ella!
La maestra —que no se creyó la mentira, pero siguió el
juego por hacerle gracia mi intrepidez— se lo comentó a
mi madre cuando nos dio el galardón a las dos. A partir de
entonces, los libros de la biblioteca se convirtieron en mis
"maestros mudos".

Tal era mi deseo de aprender, que cuando escuché
a alguien decir que comer queso —mi golosina favorita—
volvía tontos a los niños, dejé de hacerlo porque más
poderoso era mi deseo de conocimiento que el de comer.

Tendría entre seis y siete años cuando oí decir que había una universidad en la Ciudad de México.

—¡Quiero ir a la universidad! —anuncié a quien quisiera oírme.

—¡La universidad es cosa de hombres! —se indignó mi abuelo.

—Las mujeres no necesitan ir a la universidad para aprender a hacer las labores del hogar —murmuró mi madre.

—¡Entonces vestiré de hombre, me haré llamar Juan y así podré ir! —insistí, pensando que esa era la solución.

Fue imposible. No hubo ruego ni llanto que convenciera a mi madre.

Como no pude asistir a la universidad, me desquité dedicándome aún más a aprender de los libros. No hubo castigo que lograra que yo dejara de leer. Leí sobre los sabios griegos y romanos; filosofía, teología, historia, geografía y ciencias. Tal era mi decisión de aprender que, si no recordaba una lección, recortaba un pedazo de mi cabello. Me parecía injusto que una cabeza estuviera "adornada" por fuera y vacía por dentro.

Tenía yo ocho años cuando en Amecameca se anunció un concurso literario para celebrar la festividad de Corpus Christi. El premio era un libro. Participé con mi primer poema: una loa al Santísimo Sacramento escrita en español y náhuatl, porque con ella me burlaba de los bachilleres españoles que eran muy arrogantes. Deseaba que solo los mexicanos que hablaran náhuatl la entendieran. Gané el libro y la loa fue presentada en el atrio de la iglesia de Nuestra Señora de la Asunción.

Cuando mi abuelo murió, mi madre me envió a vivir con unos tíos en la Ciudad de México para que superara la tristeza por su partida. Fui presentada a la corte del virrey de la Nueva España, el marqués de Mancera, Antonio Sebastián de Toledo, y su esposa, Leonor Carreto, quienes me tomaron mucho aprecio. En especial la marquesa, por lo que empezaron a conocerme como "la muy querida de la virreina".

En la corte se celebraban tertulias a las que acudían profesores de la Universidad de México y donde se trataban temas tanto de historia como de filosofía. Se me permitió asistir a las tertulias y, con desparpajo, empecé a dar mi opinión. Al principio, eso causó cierto malestar.

—Excelencia, quisiéramos examinar qué conocimientos tiene la joven Juana —pidió al virrey uno de los notables.

Me pusieron a prueba delante de cuarenta notables, y yo contesté correctamente a todas sus preguntas. Si el asombro causara que cabellos, barbas y bigotes se erizaran… ¡aquellos sabios habrían terminado como puercoespines!

A los dieciséis años, mi guía espiritual, el padre Núñez de Miranda, me dijo algo que cambió mi vida:

—Juana, hay varios jóvenes que se sienten atraídos por ti y desean proponerte matrimonio. Es hora de que elijas —comentó con expresión seria.

Era lo que se esperaba de todas las muchachas de mi edad.

Entonces yo elegí: un convento donde me permitirían mantener mi biblioteca, estudiar y escribir. Para ser aceptada tenía que aprender latín. Por primera vez tuve un maestro de carne y hueso: el bachiller Martín de Olivas, quien pensó que me llevaría años aprenderlo. Resultó que lo aprendí en tan solo veinte lecciones.

Cuando me hice monja, tomé el nombre de Juana Inés de la Cruz.

El antiguo virrey fue llamado a España y fue reemplazado por Antonio de la Cerda, marqués de la Laguna, quien llegó con su esposa, María Luisa Manrique, condesa de Paredes. Fui encargada de realizar el arco triunfal para su recibimiento.

Entonces se me ocurrió que esa era una buena oportunidad para sugerirle al nuevo virrey la necesidad de su intervención y apoyo para lidiar con las inundaciones, continua amenaza de esta imperial ciudad.

Me pregunté: "¿Cómo hacer visible lo invisible?". Pensé en Neptuno, el dios de las aguas, y en el título del nuevo virrey: marqués de la Laguna. Concebí la idea de hacer un arco de madera con pinturas de dioses marinos donde sobresalía Neptuno y su esposa Anfítrite. Me aseguré de que en el arco aparecieran los rostros de los virreyes. Lo llamé Neptuno Alegórico y escribí un poema a propósito.

A los nuevos virreyes les gustó mi obra y me aceptaron como una querida amiga. La virreina se convirtió en mi protectora y llevó mis poesías a España para que fueran publicadas. Para mí fue el momento cumbre de mi carrera de escritora.

Dar ejemplo fue mi manera de luchar contra las ideas de mi época, en la que no aceptaban que las mujeres estudiáramos ni nos destacáramos en literatura y ciencias.

Pensé que lo había logrado, pero un día me impidieron seguir escribiendo. Sin embargo, he mantenido en secreto mis poemas inspirados en los aromas (hierbabuena, manzanilla, salvia, romero, mejorana) de mi infancia… cuando todo comenzó.

Y aquí, lector mío, te regalo uno como despedida:

¿Qué mágicas infusiones

de los indios[5] herbolarios

de mi patria, entre mis letras

el hechizo derramaron?

---

5   Término antiguo utilizado para referirse a los habitantes originarios de América. Luego fue reemplazado por *indígenas*.

Edna nos habla de Sor Juana Inés

Juana Inés de Asbaje y Ramírez de Santillana nació el 12 de noviembre de 1651 en San Miguel Nepantla, según afirmó la misma Juana, donde su abuelo Pedro Ramírez de Santillana administraba una hacienda. Sus padres fueron Pedro Manuel de Asbaje y Vargas e Isabel Ramírez de Santillana. Juana fue una niña prodigio: a los tres años aprendió a leer y a escribir, y a los ocho compuso su primer poema.

Es conocida universalmente por el nombre religioso de "Sor Juana Inés de la Cruz", que adoptó cuando entró al monasterio de San Jerónimo, en México, Tenochtitlan, la capital americana del mundo español. La fama de Sor Juana

Inés de la Cruz fue inmensa también en vida. Sus obras fueron impresas en España en tres tomos y fueron varias veces reeditadas.

Además, es considerada la mayor poetisa de mediados del Siglo de Oro español. Su bellísima y deslumbrante producción literaria, que incluye poesía, teatro, loas y villancicos, representa el más puro Barroco español, un estilo de escritura en el cual se contrastaba la belleza y la fealdad, lo trágico y lo cómico, el amor no correspondido, la burla de la vanidad humana y la lucha del ingenio para vencer la desdicha.

Juana tuvo que enfrentarse a los prejuicios de la época. Sus triunfos, la amistad con los virreyes, su defensa de la educación de las mujeres y su orgullo por lo mexicano, causaron mucha envidia y oposición. Una supuesta Sor Filomena, nombre ficticio de uno de sus detractores, la criticó públicamente en una carta por no dedicarse solo a temas religiosos. Juana contestó con completa sinceridad y gracias a esto se conocen muchos detalles de su vida, especialmente de su infancia y juventud. Tan duramente fue atacada, que escribió en el libro del convento: "Yo, la peor de todas". Cedió su biblioteca y aparentemente renunció a las letras.

Falleció durante una epidemia de peste el 17 de abril de 1695, a los 43 años. Tras su muerte se encontraron varios poemas inéditos, prueba de que jamás lograron doblegar su espíritu ni el amor a su patria. Esta es la razón por la que escribo sobre ella. A pesar de que quisieron callar su voz, la obra de Sor Juana Inés de la Cruz continúa hablándonos a través de los siglos, ya con el suave tintinear de una campana de cristal, ya con la estruendosa fuerza de un volcán.

Glosario

alegórico: Simbólico.

arrogante: Muy orgulloso, que se valora mucho a sí mismo y se siente superior a los demás.

bachiller: Persona que antiguamente había obtenido el primer grado académico de una universidad.

colosal: Gigantesco, de gran tamaño.

conde, condesa: Persona de la nobleza que tiene un título inferior al de marqués y superior al de vizconde.

convento: Edificio en el que viven religiosos o religiosas de una misma orden.

cumbre: El punto más alto de una montaña. El mejor momento de una persona o cosa.

delatar: Acusar a quien ha cometido una falta o delito.

desparpajo: Característica de las personas que hablan y actúan sin que les dé vergüenza.

desquitarse: Hacer o conseguir algo que sirve para compensar alguna pérdida o molestia.

detractor: Persona que está en contra de algo o de alguien.

galardón: Premio. En este caso, distinción que se da al concluir los estudios.

guía espiritual: Persona que enseña algo a otra o le aconseja lo que debe hacer en lo que se refiere a asuntos religiosos.

herbolario: Persona que utiliza las plantas para sanar, o las vende con el mismo fin.

indignarse: Enojarse mucho.

inédito: Que no ha sido publicado.

infusión: Bebida que se hace cociendo o metiendo en agua muy caliente hierbas o frutos.

intrepidez: Valentía, audacia.

latín: Lengua que hablaban los antiguos romanos, de la que nació el español.

loa: Un poema en el que se alaba a una persona o se celebra un acontecimiento.

majestuoso: Muy elegante o solemne.

marqués, marquesa: Persona de la nobleza que tiene un título superior al de conde e inferior al de duque.

notable: Persona principal en un lugar o un grupo.

renunciar: Dejar voluntariamente algo que uno posee o a lo que tiene derecho.

sonrojarse: Ponerse rojo de vergüenza.

tertulia: Reunión en la que se habla de temas culturales o políticos.

virreinato: Cargo de virrey o de virreina, y el territorio gobernado por esa persona en nombre del rey.

loqueleo

© De esta edición:
2020, Vista Higher Learning, Inc.
500 Boylston Street, Suite 620.
Boston, MA 02116-3736
www.vistahigherlearning.com
www.loqueleo.com/us

© Del texto: 2017, Edna Iturralde

Dirección editorial: Isabel Mendoza
Ilustraciones: María Jesús Álvarez
Montaje: Claudia Baca

Loqueleo es un sello editorial del **Grupo Santillana**. Estas son sus sedes:

ARGENTINA, BOLIVIA, BRASIL, CHILE, COLOMBIA, COSTA RICA, ECUADOR, EL SALVADOR, ESPAÑA, ESTADOS UNIDOS, GUATEMALA, MÉXICO, PANAMÁ, PARAGUAY, PERÚ, PORTUGAL, PUERTO RICO, REPÚBLICA DOMINICANA, URUGUAY Y VENEZUELA.

Conoce a Sor Juana Inés de la Cruz
ISBN: 9781682921456

Published in the United States of America.

2 3 4 5 6 7 8 9 KP 25 24 23 22 21